NOTICES

POUR SERVIR

A L'HISTOIRE DES THÉÂTRES,

Lues à la troisième classe de l'Institut ;

Par CAILHAVA, de l'Institut.

PARIS,

Charles POUGENS, imprimeur-libraire, rue
St.-Thomas-du-Louvre, N°. 246.

AN VI (1798).

NOTICES

POUR SERVIR

A L'HISTOIRE DES THÉÂTRES.

S'il est vrai que chez tous les peuples policés, le théâtre fut consacré à l'instruction publique ; s'il est vrai qu'il ne soit pas permis à tout ami des arts et des mœurs, de porter un œil indifférent sur cette partie de l'enseignement ; n'est-ce pas à vous, citoyens mes collègues, à vous de préférence, que je dois soumettre quelques notices, quelques réflexions sur le théâtre espagnol, tel qu'il était il y a deux siècles ; sur ses amateurs, ses auteurs, ses acteurs, ses usages, et sur notre théâtre, tel qu'il est aujourd'hui. Je choisirai des objets de comparaison qui rendront peut-être ce sujet plus utile, ou lui donneront, du moins, l'intérêt de l'à-propos.

CALDERON DE LA BARCA, POÈTE ESPAGNOL, CHEVALIER DE L'ORDRE DE SAINT-JACQUES.

GRAND AUMÔNIER DE TOLÈDE , AUMÔNIER
D'HONNEUR DE LA CHAPELLE DU ROI , ET DE LA
CONGRÉGATION DE SAINT-PIERRE, né à Madrid
en 1601 , dix-neuf ans avant Molière , avait
reçu du ciel une marque de vocation bien dis-
tinguée pour un auteur comique ; il pleura
trois fois avant de naître ! et , quelque incré-
dules que nous soyons, nous ne pouvons dou-
ter de cette vérité, car la segnora dona Doro-
tea Calderon , sœur du poëte , et très-exem-
plaire religieuse dans le couvent royal de
Sainte-Claire de Tolède , l'a assuré.

Mourez de jalousie, dramaturges français,
vous, qui vous piquez d'illustrer la scène
comique par de tristes accens ; vous qui,
non contens de faire pleurer vos specta-
teurs, vos acteurs, et les plus aguerris des
souffleurs , répandez vous-mêmes des lar-
mes sur le mauvais goût du siècle qui vanta
les Corneille , les Racine , les Molière : vous
avez pleuré , vous pleurez , vous pleurerez;
mais pleurâtes-vous avant de naître ?

Quelques critiques un peu sévères , trou-
vent mal , peut-être , que je veuille com-
parer sérieusement un peuple , un siècle
superstitieux , à un peuple , à un siècle
philosophe ; plus mal , que mon premier

rapprochement ne nous soit pas favorable. Point d'impatience ; ici vont commencer nos heureuses incursions sur le théâtre des Espagnols. Nos pères se bornèrent gauchement à n'emprunter d'eux que *le Festin de Pierre*, *la Princesse d'Elide*, *l'Ecole des Femmes*, *l'Ecole des Maris*, plusieurs scènes du *Tartuffe*, *le Menteur*, *le Cid*, *Héraclius*, et quelques autres bagatelles de cette espèce ; mais ils nous ont laissé les *Brigands*, les *Religieuses*, les *Moines*, les *Caveaux*, les *Cavernes*, les *diables* enfin dont on égaie la scène française.

LA DÉVOTION DE LA CROIX,

Comédie de CALDERON.

DEUX cavaliers se battent ; l'un d'eux tombe percé de mille coups : s'il respire encore, c'est que son ame trouve trop de portes, et qu'elle ne sait à laquelle donner la préférence. Le vainqueur veut obligeamment lui ouvrir un nouveau passage, quand le moribond le prie, au nom d'une croix plantée sur le champ de bataille, de per-

mettre qu'il se confesse avant de mourir.
Le confesseur arrive, le pénitent absous
se fait recevoir Chevalier de la Croix, et la
santé lui est miraculeusement rendue. L'in-
grat en abuse un peu avec une religieuse
qu'il surprend endormie ; mais heureusement pour le spectateur, elle demande mo-
destement la permission de passer dans sa
cellule.

Nous ne pouvons disconvenir qu'il n'y
ait beaucoup de ressemblance entre la religieuse de Calderon, et celle qui attire la
foule vers nos théâtres les plus chéris. Les
deux religieuses sont poursuivies sur la
scène par un scélérat : mais quelle différence, dans la vivacité de la poursuite !
chez nous le héros est un moine : quelle
différence, dans le piquant de la situation !
c'est pour sa sœur que notre moine brûle :
quelle différence sur-tout dans l'art de
ménager, de graduer, de manier l'intérêt !
on n'entend plus parler de la religieuse
espagnole après sa fuite ; dans la pièce française nous la voyons attaquée et poursuivie ;
nous admirons le rameau magique qui doit
endormir la victime, et la livrer sans dé-
fense au satyre cloîtré , pourvu qu'il ne

s'amuse pas à considérer les charmes dont
il est épris ; et bientôt le récit le mieux
circonstancié, ne nous laisse rien à deviner
sur le reste de l'aventure.

LE PURGATOIRE DE St.-PATRICE,

Comédie de Calderon.

Des chanoines réguliers ont dans l'en-
ceinte de leur couvent un souterrain consacré à Saint-Patrice. Les plus fameux cri-
minels des deux sexes désirent-ils savoir si
Dieu leur pardonne leurs péchés ; ils s'adres-
sent aux vénérables chanoines , puis leur
paient une forte pension, puis se préparent
par le jeûne, puis descendent dans l'antique
habitation du saint. Là, un bon ou mauvais ange fait aux pénitens, aux péniten-
tes......... ce qu'il juge à propos. S'ils sor-
tent du trou , tous leurs péchés leur sont
remis ; s'ils y restent , Dieu les a punis.

Nos comiques ont, sans contredit, puisé
dans le trou de Saint-Patrice , la sublime
idée de promener le spectateur de caverne
en caverne , de souterrain en souterrain.

Remarquons cependant que Calderon n'ose pas découvrir aux Espagnols l'intérieur du purgatoire et ses mystères : nos auteurs, au contraire, n'ont rien de caché pour leurs amis ; ils nous promènent voluptueusement dans leurs caveaux, comme dans autant de boudoirs délicieusement parés ; les cruches d'eau, les lits de paille, les ossemens, y brillent par-tout, et d'avance l'œil y prépare l'ame aux sensations les plus satisfesantes : ici une tendre épouse creuse le tombeau où l'on doit enterrer son mari, dès qu'on l'aura assassiné ; là une mère condamnée à mourir de faim avec son fils dans ses bras, interrompt le râle de la mort pour chanter une ariette de bravoure ; et plus loin, dans la perspective, les draps ensanglantés d'un grabat nous promettent le plaisir de voir mettre en action les contes d'ogre les plus terriblement pathétiques.

LE DIABLE ET LE SAINT,

Comédie attribuée à CALDERON.

Le diable s'est emparé d'un château ; personne n'ose plus l'habiter : on a recours

à un bénédictin pour en chasser les fan=
tômes ; le saint homme ordonne à satan
de paraître, l'enchaîne avec son cordon, le
commet à la garde du frère qui le suit,
et sort pour faire ailleurs de nouveaux
miracles ; c'est son métier. Le frère est
bien moins imposant que le saint ; aussi le
malin se permet-il quelquefois de regim-
ber : le frère, après beaucoup de lazzis de
peur, tâche d'imposer silence au diable à
grands coups de discipline. Ce moyen ne
réussissant pas, il lui montre un crucifix
qu'il porte à sa ceinture, à peu près comme
nos acteurs tragiques portent un poignard ;
et l'esprit immonde reste coi, les griffes
jointes.

Ah, je respire ! enfin la voilà rouverte
pour nous, cette mine inépuisable de tré-
sors dramatiques ! que dis - je, une mine ?
la voilà planant sur la France entière, cette
nuée de monstres infernaux, qui, après
avoir fécondé les théâtres du peuple le plus
ami du merveilleux, vient crever sur nos
têtes à la lueur des éclairs, au bruit du
tonnerre !

Nous l'avons admiré ce temple volup-
tueux, dédié par le fils de Cythérée à la

tendre Psyché ; nous avons souri à cette nichée d'Amours s'échappant pour fêter leur souveraine : ils voltigent autour d'elle, ils se groupent sur sa toilette, ils couronnent son miroir ; le Plaisir, père de leurs folâtres quadrilles, fixe nos regards enchantés. Mais les enfans du Ténare lutinent tout autrement que ceux de Paphos : ce ne sont plus ces sensations délicates, ces tendres agitations qui pressent doucement le cœur et s'exhalent en demi-soupirs sur nos lèvres entr'ouvertes ; ce sont de belles et bonnes peurs, qui saisissent l'homme stupide, froissent les ames sensibles, et font épanouir celle du méchant.

Français, vous avez jeté le gant aux Espagnols ; grâce à la supériorité de vos drames (l'invention exceptée), la victoire n'est plus incertaine ; et maintenant vous pouvez, en vainqueurs généreux, permettre à vos rivaux de se rapprocher de vous par quelques usages dont ils font grand cas, que nous dédaignons, et pour lesquels d'ailleurs nous sommes d'une égale force.

Par exemple, le confesseur du roi d'Espagne, aïeul de celui-ci, obtint que lorsque sa majesté serait à sa maison de campagne

appelée *Sitio*, les femmes ne paraîtraient
pas sur le théâtre, et que leurs rôles seraient
joués par des hommes déguisés : c'était,
disait le confesseur, pour dérober les jeunes
seigneurs aux charmes des actrices. Assu-
rément, les précautions du confesseur espagnol sont trop ridicules pour craindre
qu'elles puissent jamais attrister la scène
française au point de lui enlever son plus
bel ornement : n'importe ! nos acteurs ne
s'en exercent pas moins à remplacer, en
cas pareil, leurs aimables compagnes. Déjà
ils leur disputent la pomme par les plus
jolies petites mines, par leurs continuelles
agaceries aux loges, par l'art de chiffonner
coquettement un toupet et d'en ombrager
leurs yeux ; déjà leur teint, leur menton
et leurs veines, offrent à nos regards toutes
les couleurs de l'iris ; et déjà plus de cos-
tume qui leur plaise, s'il n'est à leur choix
indiscret ou menteur.

Madrid a deux troupes de comédiens :
pour n'avoir d'autre avantage l'une sur
l'autre que celui des talens ; elles changent
de quartier tous les six mois, et se prêtent
mutuellement leur salle. A Paris, les procédés
que les acteurs ont entre eux, diffèrent un

peu par la forme; mais les plus fameux se font un vrai plaisir d'enrichir de leurs talens tous les théâtres l'un après l'autre , même les treteaux , et cela généreusement pour quelques six à sept cents francs par jour, ou pour un riche pot de vin. Je demande si ces émigrations partielles, ruinant, enrichissant alternativement chaque troupe , ne produisent pas le même effet que les émigrations en corps?

Chez les Espagnols , la troupe qui fait ou paraît faire le plus d'argent, est la plus estimée ; c'est au point que les amateurs fournissent en secret de quoi grossir la recette de leur théâtre favori; et la somme que l'un perçoit plus que l'autre, s'appelle *couchillada* , coup de couteau, apparemment parce que cet avantage est pour ainsi dire un coup de poignard pour les partisans du théâtre vaincu.

Et nous aussi , Français , nous fesons cas de nos acteurs; nous les prônons plus ou moins selon que leur salle est plus ou moins remplie. Et nous aussi, Français, nous avons nos *couchilladas*. Nous n'envoyons pas à la vérité de l'argent ; non : mais nous avons la complaisance d'accepter tous les billets *gratis* qu'on veut bien nous donner ; nous prenons la peine de les distribuer. Si, malgré ces soins généreux, les comédiens que nous aimons sont ce qu'ils appellent *de petits Saint-Jean, et prêchent dans le désert,* alors nous avons recours aux grands moyens ; nous sifflons à outrance les *Frontin,* les *Agamemnon,* les *Célimène,* les *Dorante* de la troupe qui n'a pas l'avantage de nous plaire ; nous les fesons traîner dans les bourbiers de l'Hélicon, par les épigrammatistes de profession par les folliculaires qui en ont le département. Tout cela ne suffit-il pas encore? eh bien ! l'on envoie des fiers à bras, armés jusques aux dents, qui tempêtent, jurent, menacent, et font bravement peur aux femmes. Enfin la *couchillada* des Espagnols est douce, honnête, généreuse, j'en conviens ; mais ils n'en ont qu'une, et nous en avons mille : partant quittes.

Vous voilà confondus, opiniâtres détracteurs de la scène française ; vous êtes forcés de convenir que si les eaux d'une rivière sont toujours plus pures vers leur source, nos auteurs, nos acteurs, nos amateurs ont dû se purifier en remontant jusqu'à la renaissance de l'art dramatique. Quel malheur, si dans leur enjambée rétrograde ils n'eussent fait que les trois quarts du chemin! ils seraient tombés d'à-plomb sur ce siècle appelé par quelques fanatiques le siècle des beaux arts. Je suis tenté, après avoir prouvé à quel point nous sommes heureux d'avoir été au-delà, de faire encore remarquer les principaux avantages qu'a notre théâtre actuel, sur celui de ce temps si vanté.

D'abord, nos auteurs échappés à la tyrannie des règles qui régnaient alors, et s'épargnant les soins minutieux de combiner un plan, une exposition, une intrigue, un dénouement, n'épargnent-ils point par contre-coup au spectateur, jusqu'à la fatigue de penser et de réfléchir?

Ensuite nos comédiens, débarrassés du *pays latin* et de son parterre qui voulaient les forcer à prendre le genre de chaque rôle, n'ont-ils pas poussé l'art infiniment plus loin, en forçant au contraire tous les rôles de se ployer à leur genre?

Quant à nos amateurs; politiques et philosophes déterminés, ils nous ont prouvé qu'on pouvait détruire l'aristocratie des talens. Nous n'avions dans Paris quedeux ou trois théâtres, et nous en possédons vingt. Nous distinguions tout au plus cinq à six comédiens; pas une salle qui n'ait sa douzaine de *Roscius*. Enfin une année nous paraissait féconde quand elle nous donnait trois ou quatre nouveautés; elles naissent sous nos pas, et en si grande quantité, que leur chute ou leurs cent représentations ne tirent plus à conséquence.

Ce qu'il y a de plus merveilleux dans ce renversement, c'est qu'il s'est étendu jusque sur les réputations. Par un vieux respect pour Molière, nous le regardions assez communément comme un poëte moraliste, et Marivaux passait pour un simple bel esprit. Le croirait-on? le dernier se trouve aujourd'hui le comique par excellence; et les comédiens n'osent risquer quelques représentations du premier, qu'en prenant le parti sage et commode de le *marivauder*.

Je me figure une bascule, sur laquelle jouent des enfans : les plus forts, les mieux nourris tombant par leur propre poids jusqu'à terre, enlèvent nécessairement leurs fluets adversaires jusqu'aux nües.

Conclusion : voilà Thalie fort heureusement revenue à cet âge d'innocence, où, pour nous faire pleurer et rire, les nourrices appellent autour de notre berceau , les lutins, les sorciers, les farfadets. Puisse la Muse comique les fixer long-temps à sa suite ! Que deviendrait-elle, que deviendrions-nous , si nos législateurs s'avisaient, à leur tour, de remonter vers ces temps où les législateurs d'Athènes et de Rome osèrent attenter à la liberté des spectacles , en les soumettant à la surveillante protection des archontes, des édiles ; et cela , sous le vain prétexte que le théâtre pouvait servir à moraliser le peuple , sous le vain prétexte que Thalie et Melpomène doivent commander à la reine du monde, l'opinion.